又有詩

周慶華 著

序

有一陣子，因為趕寫學術書而把詩給忘了，等到停筆時竟然莫名的惶恐起來，好像錯過了班車或丟失了心愛的東西，頃刻間有著不知所措兼驚疑未定的感覺。所幸當第一句詩再從腦海迸出時，我知道一切又要恢復正常了。

這本《又有詩》的絕大部分作品，就是在那「正常」的狀況下，隨口吟哦而後流瀉筆端所成就的。書名隱喻著寫作當時靈感「突如其來」且又「莫之能禦」的奇特經歷；它可能是在遇到一隻「把膽子擠到臉上」的狗兒欺近狂吠時發生的，也可能是在看見一片落葉掉在湖上「盪出半艘金黃色的船」時闖出的，幾乎沒有半點防備就跟繆思異地邂逅。

雖然我很不願迎合西方的「神賜靈氣」觀，但對於這種經常「又有詩」的際遇卻又不曉得要怎麼解釋，只好說有詩神來相助了。據傳繆思女神在給人

「靈感」時，多半是以借體涉入的方式啟動詩興的；於是盲者可以華美誦出鉅篇的史詩，而藝人也可以邊撫琴邊新唱高格動人的抒情詩，都是有「祂」從中使力促成的緣故。我仔細回想每一次的寫作，似乎沾不到一點「顫動」的邊，又知道還沒有受到繆思女神的眷顧。但對於那些極似有意要讓我寫進詩裏的題材不斷「奔赴而至」的盛況，如果不當它是有看不見的神力在背後「催趕出場」，那麼我也無法再到別的地方找理由來勉為填塞。

卷六「東海岸花絮」裏的每一首詩，都是在剎那間就決定了它們要在詩集中佔到版面。那是我來臺東十一載最可以一記的人事物，在短期間內一下子都齊湧進來。如今想起，還鮮活到像剛剛遇著。而這也是我每次返北暈眩在車陣人潮中所無法比擬的；它是那樣的純和醇，也那樣的清和青。

當中卷五「周易五行」是最後寫的，為的是先圓二十年前的一個夢。那時我已經花了整整一年時間草就一部《周易新詮》，卻因為讀研究所興趣轉向而沒有再去理它。家父生前特別期望這本書能夠出版，不意一拖延就不知何時才有閑情把它找出來整修條陳並設法梓行。現在我僅憑局部記憶以新詩體將它的「精髓」呈現，意象、旋律和節奏等或許稍嫌質直而不夠講究，但自信《周易》占筮的「神韻」應該都捕捉到了。也就是說，占筮是《周易》的原始狀態，卻被好事者玄理化，導至「傳」來「傳」去讓人益發不可理解；而我試為揣摩當時問筮占斷決疑的情景，目的不在「還原真相」而在「提供想像」。

至於其他幾卷，有一部分是多年來隨機寫的，一併整合後析分為「情不情」、「彈跳古今」、「短唱」和「現代或後現代」等，它們稍微可以一展我心境的「轉折」或「幻變」。「現代或後現代」卷，自然是遊戲之作，頗有佻達人生或挖苦社會的用意。當中〈和月蝕〉和〈春來了——聽劉渼教授演講記趣〉，是去年底邀請賴賢宗教授和劉渼教授來校演講當場寫的，現代和後現代錯雜交偕的美好感覺歷歷在目。「短唱」卷和「彈跳古今」卷，則多有關跟一羣在臺東萍水相逢的年輕朋友共譜的故事，連在課堂上的研讀都可以轉成一篇篇的短章或諧謔趣製。獨有「情不情」卷，最讓我深感「情寄何處」！她們在我生命中出現，又從我生命中離去，短暫難成永恆，只有一個「悵然」可以回憶。那〈２５加１缺２〉和〈瀕臨絕種動物的告白〉二首，原不合擺在這裏的，她們和「她們」不類；但彼此仍有致以「情」或「不情」的時空背景，所以就這麼「遠相關」的把它們湊在一起了。

如果人生就像尼采所說的「少了戲劇和詩的透視鏡，我們一定會無法忍受所有的苦痛」，那麼別老是看同性質的戲劇和寫同類型的詩，也就是不讓另一種「重複」或「常熟」的憂鬱症悄悄的進駐心房。《又有詩》結果了我近期起伏不定的情思，再啟程時應該另有一番風景，我會試著走出這個小框框。

周慶華　二〇〇七年夏於臺東

contents

卷三

卷四

卷五

卷六

卷一

情不情

無題

路不在輕巧的貓腳下延伸
夜鶯看到了未來一片漆黑中有微光
誰能承諾在翻看過去的身世後
還會留一點憐憫給不想徘徊的人

風繼續吹著海的殘憶
那裏有夢就在那裏停留
不知道這個世界虧欠過多少不安的靈魂
我挽著一段情默默的往前行

沒有詩的夜晚

當旅人不再細數來路的曲折
蔓草就要駐滿心的荒蕪

漁人推舟划出了星海
卻網不住一顆夜歸的靈魂

他們相遇
沒有冗長的誓言
只盼望夜河裏初發的月荷

天邊的星子還在閃爍著山的眼睛
不能凝睇
兩世的情緣不到盡頭

漁人要回航　選擇
釋放自己

無處投訴的旅人　最後終結
起不了風的一聲低鳴

池中的蓮花

趕走夜的神秘黑幕後
第一道晨曦就要來迎娶你久候的清姿
山嵐還不記得淘洗蒼綠的顏彩
已經有成羣的宿鳥驚飛穿過上空
含苞的時節等不及綻放的喜悅
風窺見了你頰上微泛的酡紅
輕輕的疊起水面的波紋滑向池心
他要在最美的時刻捕捉今世遲來的豔情
黑夜陽光山嵐飛鳥和風都想競爭
你不經意雕塑的一抹活脫出塵的倩影

山和海

用盡幾世的情
才能深深的對望一次
海在波濤中等待山的回答
山驚訝得說不出話來
勉強擠出兩行字在臉上
　船帆和鷗鳥都不及風
　知道靠岸的心情
海悃然失笑
難道你每次都要這樣答非所問嗎

失眠夜

打開窗戶
讓星月進來
看一個癱軟的靈魂
孤獨的擁抱一床飄忽的
夢絮
沒有離別在這裏相思
天空的那一端已經
綴滿黑色的記憶
深夜向風的這一端還在
狂飆世紀跌宕縈心的

燒　燃

寄情

穿越人羣的荒漠
驚遇一朵飄失的雲
今夜不再流浪

還有幾絡體內的餘溫
將要為風撫慰窗外的月暈

醒不了的曇花新瓣上的露
依稀滑落了半邊的春夢

沒有駝鈴再來騷擾
期待走出一個寂冷的安睡
來給明天的旅程

我看見了綠島

漫天鋪蓋的灰白的雲霧
經過陽光的低吻後
正在吃力的浮出綠島憔悴的秋容

呼喚姑娘的小夜曲還沒有唱到盡頭
就被墨藍的海水蕩漾得四處散落

我站在空曠無際的海岸
細數兩邊世紀初失聲的淒涼

不同的島一樣的命運
還需要雨水來沖洗泛黃的記憶

七星潭

奔走了無數路程的山
都停下來擁抱一座渾樸輕軟的白灣
從此不再遐想天涯瘋狂的追逐

據說北斗七星已經飲醉歸去了
剩下一泓清澈的潭水無心的波動著

風偶爾颳起帶來燕子的呢喃
訴說一個不屬於這裏的愛情故事
在幾世紀以後還會有人悠悠的想起

在機場等候時間

室內的燈光悠閑的掙不脫夜幕的牢籠
我手邊一冊聶魯達的情詩翻了又翻
女人的身體使他疲倦還有茫然無限的痛
仍然要耽戀對方胸前的高腳杯以及恥骨邊的玫瑰

誰有幸能夠釋放所有的箭束在一陣狂熱的興奮過後
濃重的暮色早已乏力的從天空呼喚愛情
聲音柔軟得會讓人再寫一次絕望的歌
不能記得你往日的樣子

駭怕失去的訣別重演明天超重的飛翔
收好詩集遙想你的贈禮
走出機場
我要搭最後一班公車回家

目睹她遠去

天賜的良緣
禁不起無常反覆的嘲弄
就在星星晦冥的夜晚
野地有枯寂的等待
兩個人影剛要跨出幾世的糾纏
少了繁華
沒有名分的告別
好像默劇升起簾幕又降落

過程不能出現掌聲
會驚嚇到倉皇脆弱的情感

東海岸可以迷戀的空間
都隨著她堅毅的步伐再一次的漂流
離去的是灰色風行的新款
留在原地的是我遭輾裂解的心

給單面山畔的全姑娘

天蠍星跑到望安聽海
留下太陽敲醒一個紫紅色的夢
那時我來看見你蒐集的風聲
現在重返又驚遇滿耳藍濃的浪濤
從石梯灣回望被天空甜蜜眷戀的防波堤
九重葛已經爬上了高牆要窺探名媛的貞節
陶染的深情還在散發當年不經意種植的傳說
你和欖仁譜出的戀曲薪板都鐫刻了
詩人說記得帶走你粲笑時迸出的珠串
我另外用一首詩酬謝一段沙漠風情

重逢

陽光炙烤著路邊的樹
我在車內詩興被融化了一大半
只剩一點足夠用來對吻海的藍唇
遙想著你的微笑可以釀製斑駁的記憶
從寒冬數起到當今的炎夏
黃金海岸的白沙還沒有印上幾個癡迷的腳印
金樽的濤聲已經捲走蹉跎半世的孤情
三仙臺過來盡是仙人會晤的恬靜的喧嘩
還有西普蘭島駐唱的夜鶯遲遲不喚水出海
它們都在石梯坪的沙漠風情中著成歷史

詩酒十五行

——給伊娟

從音樂傾洩夜的簾幕那一刻起
天上的星星就不用再單獨垂淚了

為了尋找一只溫潤的陶杯
所有的靈魂都會從亙古的國度流放出來

曹孟德的怨嘆人生幾何
陶淵明的彭澤採菊夢
李太白的邀月三人對飲
爾後的李易安是否也曾細數冷寂的夜色輕輕啜起新釀

大家都在漫漫長路裏堆疊自己的身影
終於相信琥珀色的津液可以隱藏孤獨的滋味

沒有一隻夜梟能夠抗拒失眠後的清醒
今晚的小酌不必聯想明日的狂歡

就著風和著窗邊的一盞熒燈
快意品嚐靈魂逃逸的路線
把舊夢還給未來的旅程

致熊毅教授

清華驚遇
荷塘的水滿了
動人的月色還停在夢裏金黃

藏不住風的柳條兒
蜿蜒出一路澄澄的笑容

亭臺上輕語的餘韻還在繚繞
水榭旁的歌舞就進駐
這北國的想念

歸來
心卻留著

答熊毅教授

低調
有傲氣
佳人的斷言很新鮮
符號相關的
多恩筆下
一樣永恆的東西
隔空嚮往不著

25加1缺2

天空藍得快要溢出水來的東海岸的早晨
她們集體呼喊跟我討一首詩
代價是室內的陽光或一個永遠等不到的飛吻
言語的流洩像馬車在不知名的驛站間奔馳
浪蕩許久的風只能呆立窗外守著一棵菩提樹遲到的騷動
我環視眼前亮彩皴過的容顏開始學會了歡笑
終於讓出沒有劇本的戲碼去結局它的遐想
然後四周響起被震懾過的真情對真情的貪婪
那一刻炎夏的高溫緊緊包裹著我的心忘記釋放
二十五位佳麗和一名護花使者結算消費

缺席率有人他遞補抵三
這還是天空藍得快要溢出水來的東海岸的早晨

瀕臨絕種動物的告白

只寫了那麼丁點粗澀的準情詩
就換來佳麗們一本書的迴響
算算我還有虧欠

上我的課腦筋會錯亂
芒果冰正好可以給你消暑醒目
看影片就是搏鬥另類思考的最好方式

小華被許多金龜子包圍
靦腆的大男孩可愛卻不能吃

蝴蝶花兒和小精靈會嫉妒

瞧一眼結繭的手指就知道我的秘密
太厲害了以後跟你講話要小心

抬槓抬出了澎湖的雙淇淋
點滴甜在心頭有機會再對你說

那羣看不見的好朋友也是讀不懂周公的書
所以每次都要來旁聽
鋼琴師如果不悲壯我們就會很沉重

什麼話題嘛是一顆震撼彈
也轟到了我敏感但不脆弱的神經

你的步履很穩健
祂們都可以替我作見證
那時候再聽你唱有糖味的紅豆詞

來臺東的唯一娛樂應該是看到半百的白髮男子
從詩集的封面跳進跳出

孫協志是何許人也
靈界的朋友轉了十幾臺還沒有找到他

標號22是空白
敢情那是要讀者自己去填寫

湘江不在屏東很可惜
有個心儀的人兒隔海為我唱過好聽的歌
畫面上多采的造型像你也像她

佩服佩服才拿了人家一本詩集
就悟出他會貢獻更多更多

粉感動本身也讓人很感動
死去的腦細胞一定會再複製更新

果然是婦唱夫隨好佳耦
一人聽課兩人備戰
連不必道歉的缺席都要道歉

翻過來是我的25加1缺2那首詩
我沒有什麼好評論的

你納悶幹字怎麼會從那裏冒出來
說穿就不神秘了
功夫啊

很抱歉我的課讓你頭昏腦脹
我也不是故意的呀
你送的牽牛花可以當一帖最美的緩衝劑

旁邊有個叫 14 號的朋友未到
我也得想很久才能記起她

你在那個人的私處貼非禮勿視外加許多星星
一定是警告閑雜人等不要靠近
師公作法金字塔的木乃伊復活天下太平

土地澎湃奇葩下海

臺東的炎夏很羅曼蒂克
一聲感謝有千萬斤的重量

小種子冒出嫩綠的芽
很佛洛斯特
靜靜的別翻動土裏的生命要文身

明明白髮是適合配眼鏡的
偏偏酒窩不能加值兌換半塊玉
夫子生自己的氣還得賠你一個萬花筒

線性思考跟網絡思考競勝

輸了買鳳梨來煎熬鐵定會金榜題名
不是阿貓阿狗還要爭什麼呢
蘭嶼已經給你畫去了綠島也是
意思意思就好

遙想以前不如忘掉現在
你就自由了

向我致意的方式很精髓
一張照片五樣笑容
還可以聯想到春去春又來和海上鋼琴師

這樣應當還夠了吧我猜
從今天起瀕臨絕種動物的版權普悠瑪所有
歡迎大家翻印不會追究

＊語教所暑期班第一屆二十五位朋友加一名護花使者送我一本他們自製的書，
由意爭編輯並把我歸在封面瀕臨絕種動物圖案的行列，很有觸感而寫了這首
長詩來一一回應他們的盛情。

卷二

彈跳古今

遙想紅樓

一個大宅院
幾名異樣的女子
還有一位富貴閑人
就這樣譜出了一部曠世奇著紅樓夢

紅樓有夢
都是因為美景良辰佳人難得
生生世世不要醒來
美景會成泡影

良辰會變色調
佳人也恐將遲暮星散

讀著繁花亂眼的詩句
聽著鶯鶯燕燕滑落的曲音
有幾人能夠不遙想那天賜的盛會
美酒嘉肴歡笑
行令結社嬉戲
這裏未能盡興的
那裏可以再續
沒有頹敗
也沒有殘局
只要不到夢醒時分

然而夢還是醒了
一道淒絕的長嘆聲
渾漫穿過大觀園的上空
驚落了無數的金釵
才子佳人原來是紛飛的鳥
終究要回到樹林尋找各自的家

我們在夢外又能接替什麼
三五碟小菜
一兩齣短劇
幾陣不拘天南地北的談笑

如果有人想開懷暢飲
明年再來

紅樓搖夢

醒後又夢了
梁上燕子的呢喃聲中
有蘭茝的芬芳

看過去綺窗映著燭影
佳人還在蹙額沈思
羅襪已經濡濕了滿堂的薄霧

不能輕喚

青埂峯下的頑石正要點頭
重許今生虧欠的盟約

還是慢點兒
情怯了
那邊未盡的一縷精魂
總是越不過三生石畔斑然垂立的淚痕

悄悄地退出來吧
把紅樓還給兩世的情緣
讓風去需要一夜無擾加溫的安眠

只等你給個好夢　來年

夢醒了可以再夢
夢過後又醒
醒醒夢夢　夢夢醒醒

初訪

風靜止了山羣
沒有踩響的腳步聲
穿透樹葉遺忘的縫隙
輕輕彈著芬多精稀釋的能量
天空雨濛正在尋找停格的時間
身影飄逸不敢喧嘩
你我翻過蜿蜒爬行的小徑
記憶在呼吸
感覺從心底走出來
棲蘭的午後還是很棲蘭

和遇見

牆上的青苔剛剛閃著珠光在輕測清晨冬陽的溫度
沒來由的風卻灑落昨夜雪國飄剩的夢絮
裏面的人兒看見了自己慵懶的容色後
驚詫外面還有帶著惺忪趕路的星子
拒絕長大的牆終於要搖起菩提樹上滾動的禪思
繼續歷史的深河裏的一段寧謐的探險
沒有援手等在握不到的地方
它還是一堵斑駁且長滿青苔的牆和著風微笑

*董恕明教授有〈遇見〉詩相贈，和以回贈。

贈詩

——給語四乙的朋友們

應該這麼說吧
你們欠我一個記憶
我欠你們一個記憶的記憶

從鯉魚縱身彎成山勢的那一刻起
東海的迴影就不曾教過月亮單放光明
獨獨你們乘著天靴
穿梭在這亙古不變傳說的地帶
搖落滿場喧嘩的鱗片
引來熨過水藍的星槎

就是要讓那月光留住一夕的青春
然後風化歲月鑄成歷史的深河

沒有人再為我們點燃生命的火把
前路有多少的跌痕就有多少的暗石絆腳
攀爬不過去的只好漫長的等待
我會記得你們鬆綁一粒希望的種子
澆灌它茁長開花結成連串的菩提長生果

我們現在就想畢業

——戲仿語三乙「自言自語」班展

等不及剩下的一年半
風就要颳起東北角的稜線
從綠島撲向蘭嶼吞沒漫天的煙嵐

在無雪的冬祭裏有人輕緩的歌唱
不知道怎樣剝落了滿地星星的碎光

沒有荒唐不能寫在記憶的頂端
除去一副止痛劑和牽錯了的音符
那是無奈中走失的圖騰

如今誰管我們堅持不堅持最後的一支籤
上面已經浮出倉皇的容貌正在驅趕忙亂的腳印

算了
這裏多的是刻劃臉譜的人
歇一會後跑到結局的故事就要重新啟程

戲仿十四行

——給師資丁班的朋友

窗外的菩提樹如果不再彈奏起音樂
就不會被發現這裏還有人在貪圖一席即將變調的秘密
最後不清楚由誰來收拾拼剩的碎片
只知道時間總是比我們提早熾熱

單戀的走進海風的漩渦裏
讓枯等了一個午後又一個午後的花季
從凋萎到掙扎著重生
沒有喜悅不能陪伴孤寂　向天

訴說今年新夏初結的一粒果實
它要綴滿金黃的色澤並連著光芒
掛在枝頭耀眼的地方
等著熟透落地
　不必記得鳳凰木上開得過盛的紅花
　明天鯉魚山下有一羣人將要迎向不受颶風驚擾的旅程

海濱公園之夜

——甲師資庚班的朋友娛樂記事

天黑海黑路嘛黑
只有咱們的心是光仔

風吹袂散這款溫暖的感覺
今晚的世界真真正正是咱們的

不免辯解
也不免逃避
講話講呼伊天崩地裂
嘛無人也凍阻止

歡喜歡喜甲月娘強要偷走出來相看
才知咱們的緣份不比海淺
你講還擱欠什麼
一箱酒擱五十條歌

今夜有點低潮

耳溫比室內的氣壓低
你可以進場了
那只白色的口罩是給今晚的表演代替喧嘩的
沒有人會關心彼此的微笑也能秤出重量
你就坐著吧

主持人的逗笑功夫是最佳的防疫策略
他們在臺上試煉麥克風內的真情
我在臺下想著英文劇裏是否提過魚排和雞肋
最後只剩下那位被電話噎死的教育部長

確定再也看不到封了口的黑夜還殘留幾點星星的亮光

仔細數著全場的舞蹈像拉了風是軟的
對白後的打鬥也分解成一個一個的慢鏡頭
阿爸的便當無法承載羅蜜歐和茱麗葉的眼淚
就讓狂跳的饒舌歌颳走雨夜花的悲哀
大家都在等待SARS的風暴
忘了散場後還沒有響起的一陣歡呼

＊語教系所舉辦語文之夜，正值SARS疫情擴大蔓延期，臺上臺下似乎都受影響而不太能盡興。

音樂會

每一個人都端坐成雕像的樣子
注視著舞臺上輕移的腳步和纖巧的雙手

突然間被彈出三根神經找不回來
接著又有兩個音符咚咚的敲醒一座深藍色的夢
後面還附加許多碎裂的顆粒在空中潑灑盤旋

直到一陣喧嘩爆傳開來
才知道鮮花和喝采已經終結了
我心中仍在交錯雜迸的一堆管絃

走出昏暗的夜色
耳邊響起剛剛遺失的一吋協奏曲的尾音

口試現場

天氣這麼好
他們卻在這裏絮聒不休
文學的沈默敵不過語言的躁動
逃離到窗外獨享一樹的蟬聲

他們仍然在絮聒不休
一隻蚊子飛來抗議紙上滿頁的空白
最後被狂亂的鐘聲嚇走
慘死在鄰座高速的巴掌裏

他們終於要闔上嘴巴了
時間可以重新召喚文學
我們還得哀悼一隻死去的蚊子

那一隻壁虎

牠在偷窺
高高的牆面被顫動
緊縮成一張沈默的嘴
突來的聲音仍然夾著嘎嘎的威嚇
俯衝我的耳膜
室內剩下牠和燈光在對峙

風扇中有融化的暑氣
一波一波的斜睨牠的仰式泳姿
我半裸著逡巡已經鋸裂的夜

從無言的黑洞眺望
星星帶走了圓月的夢
牠拿起獨孤的眼拒絕晚到的投訴

這樣的情節還要多久下片
牠對準空曠的白堊又是一記尖響
不玩遊戲了
黏膩的感覺剛剛宣布失效
我會在床上等著
繼續跟天花板裏的強敵巷戰

還你顏色

我從都市忘了吞吐呼吸的一隅走來
緊貼著捷運電車流動的血液

眼中閃爍著倉皇的人羣奔竄過地底尋找失去的陽光

這一班班的列車沒有動力載重我們無聲的未來
還要等多久才能不用零焦的眼神相望

你的貪婪從我的頭上往下掃瞄
碰到裸露緊閉的雙腿讓我的肚臍冒煙

看著吧待會你就知道報復的長相
姣好的身軀包裝一本噴火的書
啪的一聲落地文字精液四射
我撿起沒有跌碎的雙乳上的一陣悸動
那是要給你的最後僅剩的禮物

*在臺北常搭捷運，每遇到妙齡女郎坐在對面，總有不知所措的感覺，謹以此詩來想像「她也在看我」的心情。

紅樓夢粗話集錦

偏他娘的
賈母史太君一句無心的忿恚
早已衍為經典勝過今天的國罵幾許

焦大在被塞滿馬糞和土穢前
隨口溜出的爬灰和養小叔
不知驚動了多少寧榮兩府的主子
赧顏的對著空氣說不出話來

你兔崽子她小蹄子

來不及長大的陽具和陰阜都成了廝殺的武器
憂憂卻不悠悠的迴盪在長廊屋宇間

年長的女僕要小丫鬟夾著屄滾蛋
自己反承擔了老娼婦的罪名
看那學堂外還有男生在肏屁股
不過癮的都留去給野牛享受

啐人一嘴混賬加孽障
還算好的
放你娘的屁從王熙鳳舌尖蹦出時
就烏煙瘴氣了

最後呆霸王騎馬出場
半醺中得意的秀出一根毛毛
往那女兒的樂處輸送
大觀園裏外從此色香味洋溢

解讀史前文化博物館

祖靈隔著卑南山在召喚
墓葬羣裏的遺骸決定再來一次舞踊
給遠去的考古人遲到的禮敬

沒有東西從這裏出土
瞭望臺會見證

門前一截長竿穿透晷儀正要撐起整座地球
卻被水舞重重的包圍失去了雄姿

史前的傳奇追不上檀島的神話
紛紛飄落在方格的水泥房裏
從此蒼白的容顏不必再有歲月的鑄刻

織染和著刺繡開始歌頌百步蛇裏的人頭紋樣
不是貴族的都到黑布底下學著拼縫

我們誕生的島嶼故事很混沌
板塊懂得擠壓山脈噴出一列火花
隱沒了冰期的主題

遇見所有的動物都從海裏跳上來

新世代早已不是你想像的今天這個模樣
按下燈鈕就可以返回遠古荒蕪的年代

序幕中透露出手工業跟金錢無關
採捕集魚狩農獵業都得調換位置才知道
那是大坌坑人的生計

他們還在新石器時期製作陶缽而忘了呼吸
留下光著身子的男孩手持甜點在誘惑一隻痴肥的小狗

遠處有漁夫迷惘的眼神
看向乾涸的海洋

遊客還要猜測那裏面藏著分期的希望
潮汐星象季風太慢不能航行
遺址內可能漏掉了這一條規定

且看石板屋集結石板棺
仍然有人喜歡坐進甕裏蛻化

祭祀綿亙在東海岸的歌聲中
巨石壓著夢魘偷渡
鐵器的象徵讓臺灣復活了

男人出嫁女子娶夫雙雙出門
那邊一羣學者在分派人際關係
得趕快註冊登記從你祖先以來的社會屬性

賽布卑阿魯排鄒雅泰平統統到齊了
待會大夥要努力幹活
凝聚原漢意識後就准許你們升級

最後一幕是豬和猴子的骷髏上架　然後
穿著光鮮的人都踱去會議廳膜拜麥克風
室外列隊等候表演歌舞的孩童目光失焦的
守著旁邊那塊特大的熱情布幔的呼喊

卷三

短唱

研究所授課有感

進來撞見
你們的歡笑聲
新鮮得可以治療這個世界的傷痛
我的悲觀藏不住口袋
掉落在五指間掙扎
風一吹就散了
痛苦開始尋找它的自由
教室得到快樂

＊寫於跟語碩一七位佳麗討論尼采的悲觀論後。

我來了

好一個哀悼青春
送你兩串燈籠

色彩線條在畫框中躍進跳出
文字臉譜冷氣交迸流竄

我看到了陶碗裏有一圈水
美感停留在今天晌午的12：25

*寫於美教一班展會場。

看璸雅屈坐食餅有感

想像的剎那
一尊雕像活動了
俳句還給她

看你的剎那

時間凝結我們無處逃逸的視線
你等到了一朵不會笑的蓮花在午後的空中盛開

給念戀臺東的畫壇新星們

天空水藍摻雜一點灰
鯉魚山還沈浸在昨夜的酣夢中
軌道上有火車匡啷的餘響
十數幅深長的戀情
從我的眼前明亮波動的伸展

靈擾

他終於知道了
瓶子裏的乾草枯枝再過些時候
就會變成真花

俳句

老僧要入定
倒影選景好了沒
光頭配兩肩

偈

等和尚打過呵欠
你就得撒完尿回來坐好
前面講的全懂了麼
需要用唱的讓你聽個夠嗎
轉讀梵唄念經持咒禪修都有了
還悟不悟還悟不悟呀

阿門

商人來羅馬拜訪
改一句給十萬美金不成
一百萬美金又不成
一千萬美金還是不成
主教生氣了鼻孔冒著黑煙
教宗說他要我教信徒
禱告完後換詞喊可口可樂

*取材自坊間一則笑話。

賈政狠打寶玉

你就承受了吧
琪官叛逃金釧慘死只是藉口
打你的老子為了保命正在遷怒
這世界還有什麼天理正義
乾脆連愛恨也一起向他認罪
我石頭陪你頑劣到底

趙姨娘傳略

唆使馬道婆害死兩個眼中釘
法術卻不及一個癩頭和尚
這下可慌了
教賈環去耍賴兼讒言還可以挽回一點顏面
探春不認娘又得乾巴巴的看著她出嫁
賈府的主子都沒有好東西
只要下體可採老公就會相信我
管它壺中日月長

賈環速寫

獐頭鼠目爹生的
狼心狗肺一副豬腦袋娘教的
風流不倜儻自己杜撰的

那對桃核（一）

小時候的夢想結成兩粒希望
嚥不下還得留給餓慌了的明天

那對桃核（二）

拼湊不出美臀和豐胸
把它吃了開始有全身甜脆的滋味

那對桃核（三）

希望隨著靚女笑了
我從它們的身邊走過

也是無題

啊　那個高貴的人
哦　那個高貴的人
噫　那個高貴的人
看到他的那一刻
我就想朝他臉上放一個響屁

東北季風影像展

東是又起了
北國十對南向的飛鴻靠近
季節後的蕭瑟有幾分
風不必輕輕地吹
影子的頎長會說話
像天邊的青春
展衍了這一生最亮的燈

＊為國弟十分藝品店而作。

悼

男子來到黑森林
寫了一首詩
紙頁上的文字隨風飄浮起來
最後一個活字緊緊黏著領頭枯死的木麻黃

卷四

現代或後現代

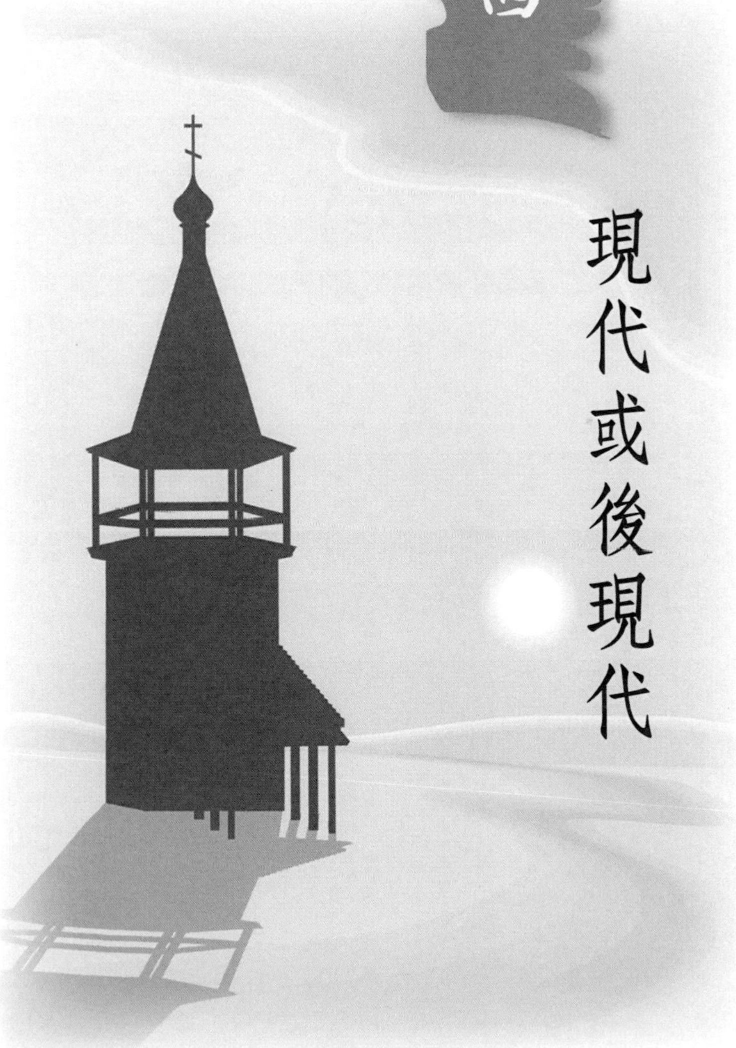

新民主頌

①孫小毛	②蔣大頭	③李高固	④陳角杏	⑤

*想想杜象的〈噴泉〉、詹冰的〈Affair〉以及其他你想得到的現代派的作品，這首〈新民主頌〉就有意思了。

意外

拿起紙條打開上面寫著當你吃完這罐
花生糖的時候不論我們是否還在一起
你都可以再買一罐花生糖送給你的另
一個情人日期是去年署名者是自己

一句就夠了

要不要活隨你我不會有意見他也愛莫能助

人生三部曲快版

你還沒死啊不急等你呀
前輩子我一定認識你是啊那時候你還欠我錢呢
我們好像在娘胎就通過電話了
沒錯你我還約好出生後要一起打棒球
是囉是囉快要把詩煮飛啦

人生三部曲慢版

你還沒死啊
不急等你
前輩子我一定認識你
我也是
是不是我們在娘胎裏就通過電話
有可能
哈哈哈哈

民主社會

和平　　砰
自由　　砰
主權在民　砰
人道　　砰砰
團結　　砰
政黨　　砰砰砰
忠誠　　砰
良心　　砰砰
毒品
公正　　砰
錢
砰　　砰砰砰

中西罵術大觀

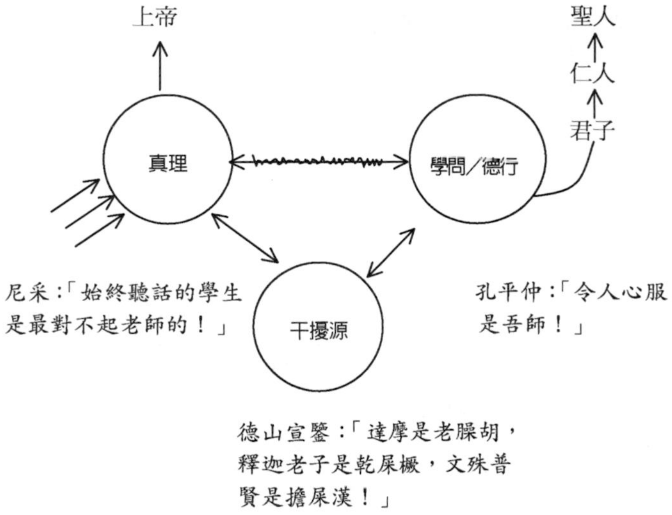
上帝
聖人
仁人
君子
真理
學問／德行
干擾源
尼采：「始終聽話的學生是最對不起老師的！」
孔平仲：「令人心服是吾師！」
德山宣鑒：「達摩是老臊胡，釋迦老子是乾屎橛，文殊普賢是擔屎漢！」

寫作計畫

那話兒的故事
嘿咻：A片文化
文本分析
神秘語言學
兒童學
文化治療
幹：粗話文化
靈異紅樓夢
藏在中文裏的神秘世界
差異創新學
另眼看待漢文化
又有詩

粗話大車拚

中

幹你娘雞歪（男用）
（肏你媽的屄）
孬種／無卵（女用）
死甲無人燒香點燭

西

下地獄吧
（go to the hell）
回家吃奶吧
（go home ma'ma）
幹你
（fuck you）
婊子養的
（son of bitch）
吃屎
（eat shit）
吻我的屁股
（kiss my ass）

三仙臺風雲

他數了十幾次每到快要數完拱橋階梯的時候
就被三個仙人攪亂到了第二十次他終於數完
了因為他講了一句話把仙人都嚇呆了再不讓
我數完就叫你去重修周慶華的思維與寫作課
批語很好我喜歡可以去報考調查員

現代生死觀

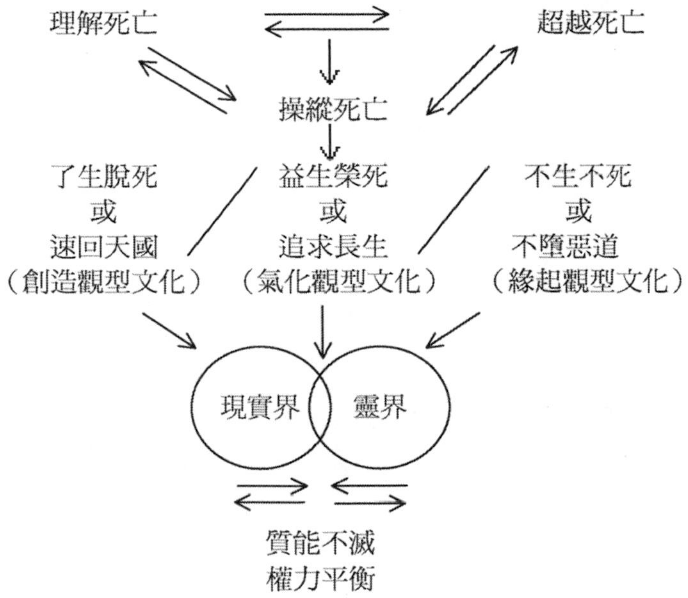
理解死亡
超越死亡
操縱死亡
了生脫死
或
速回天國
（創造觀型文化）
益生榮死
或
追求長生
（氣化觀型文化）
不生不死
或
不墮惡道
（緣起觀型文化）
現實界
靈界
質能不滅
權力平衡

又是口試現場

看你 看我 問話 回話 停頓
再說 沈默 第二 輪你 搶答
寂寥 我給 混沌 和複 雜亂
碼錶 停了 還沒 說完 今天
很慘 陰天 豪雨 鳥啄 食水
未來 寫實 超魔 幻想 五場
結束 後大 吃一 頓嘉 肴切

文化診療

創造觀退場
氣化觀進場退場
緣起觀進場退場進場
雜牌觀也進場
退場

快樂餐飲

火鍋麵飯三選一
還有其他螞蟻會上樹
水餃配黑豆漿加幾許魚片
泡菜是餐前開胃菜
音響裏有蔡琴低嗓門的情歌
日式韓國味不許中國菜擅自摻入
臺灣燒肉對抗麻油雞
太熱了脫衣服就給綠茶兩杯
鍋鏟人聲連環鼎沸
我點了久久才上桌的一客香煎虱目魚飯

客來

一陣風飄東盪西
旋進慵懶的島
裏面有雞腿和排骨
還有一道遲遲沒出場的德國豬腳
當它吹熟了曉夢和午後對望的心情
我們帶著一顆鑲金的乒乓球
彈跳古今沈睡的靈魂
徐渭不必再自殺了
屈原也可以放心的去終結問天
泰雅族的射日神話已經上場

網路裏的文學美女正在發明最新的量詞
項羽和劉邦都不是繆思的對手
明天戴震準備撰寫文學電影的論文
最後一篇教材就留給有慧眼的人去傷心
我們還要回家尋找彩虹
咀嚼今天忘了放進去的一條湛藍的海岸

*寫於東師、屏師語教所研究生聯合論文發表會會場。

教課趣譚

老先生吃完藥連笑九小時
你搭公車要下車投幣
看那一科喝什麼脫光上衣照X光婦人邊走邊罵夭壽
七十歲的歐巴桑摸到了銀行總經理的寶貝蛋
急也沒有用去非洲看三十公分長的陽具下週才有班機
模特兒是上帝給飯吃我女兒她們那一掛說的
這個國家越來越糟糕火車準時開出也不先通知一聲
是個笑話我們每天都在創造語言

我愛你

試著用不同的唸法
前半上去後半上
前半上去全上
全上去全上
曉得濫情和非濫情的區別了吧

寶玉說諢話

讀書人是祿蠹
女子潔淨清爽男人濁臭逼人
吃胭脂可以常保健康
摔玉只恨林妹妹不掉眼淚
寶釵的膀子最好當雞腿來啃
給襲人的窩心腳是怨她即將移情別戀
死魚珠子要留給自己
出家去一切都不再清靜

和月蝕

一個世紀
洗鍊心中的灰暗
火山不必等待缺口
就有宇宙渺小的反身詢問
餓了嗎
洗缽去吧
等達摩面壁回來
第三十本自性書中就會有文化治療
再一次歌唱失去的光明

*在語教所聽賢宗兄演講展示禪畫詩，有感而和。

春來了
——聽劉渼教授演講記趣

香水跑進都蘭的山麓
洗過臉的雲開始說自己的故事
美女從基因的存在中走來
潮汐的饗宴不在現場
你要用高額的數據說服我嗎

苦戀花已經邂逅了創造力
起承轉合裏有文化在串聯儀式
小心出門遇到夸父
他要掙脫那個掉入聯合新聞網的愚公

嚮往左岸三人的咖啡屋
你進來我出去
想盡辦法理解邏輯內的感性
大家一起呼喊浪漫
玩樂要包裝故事
故事準備衝刺激情

言說敘述事件編成了俱在傳奇的經驗
一個互文性的巴赫金脫隊來總結
今天美貌和複調語境的戀情

夜讀

知道那隻壯碩的貓被小老鼠攻擊後
我就天天晚上做夢在星星上狂盪秋千

解構麥克魯漢得用口說還是書寫
冷媒體和熱媒體都說它們準備要逃離
去他的「人的延伸」一大包東西

電報是社會賀爾蒙
照片如同無牆的妓院
數字衣著房舍錢連環漫畫統統裁進茅坑

重新獲得自由

部落格裏有怯懦的巨人
從來就沒得自動化過
網路所帶動的新圖像戰爭
要在電影的捲軸世界裏一起洩氣
復仇女神終於解放了創造力

卷五

周易五行

乾

䷀

乾旱了地方官正發愁
羣龍爭著竄出水面忘記要降雨
城裏國君還是躲在寢宮裝作沒看見
派誰去報信好呢
巫師說直接祭天求神比較快

坤

䷁

要遠行得選一匹好馬
前面有狀況牠都會警告你
公家的差事不好找
牢記鋒芒別太露
不然就等著看刀光劍影往你身上飛來

屯 ䷂

這門婚事不怎麼樂觀
多考慮幾天總是比較保險
聘禮太少問老天爺也沒有用
此去雖然吉多凶少
但代價可能是要多掉幾滴被虧的眼淚

蒙 ䷃

啟蒙教育是吧
準備多一點藤條就是了
告訴他幾大籮筐成家立業的道理
不如困住他鞭打他
直到他懂得抓小偷為止

需 ䷄

等待救援有譜了
去郊外守著
或者到沙灘觀望別急著吵架
附近的盜匪會乘機打劫
看見不速之客你就有酒食可享用了

訟

䷅

跟人打求職官司喲
賄賂看來會比鬥狠有效
但不能常幹這種事容易穿幫
萬一輸了
回家吃老本總勝過被錄用馬上又遭罷黜

師 ䷆

出兵打仗
紀律第一不能有人脫隊
偶爾死了幾個載回去就是了
攻不進就後退逮到間諜就拷問
論功行賞的時候小人沒份

比

䷇

求親總有對手來干擾
取信於對方最切要
猶豫不決準會錯失良機
如果看人看走了眼
要去就隨她去吧

小畜 ䷈

小種植要多拜神求庇佑
否則沒收成當心夫妻時常拌嘴
倘若足夠自己吃了
別吝嗇分點給左鄰右舍
他們就不必三天兩天來偷一次

履

䷉

國君像老虎
他的尾巴沒得讓你隨便踩
踩了你就倒大楣
假如真的不能不踩
也要先撫摸兼膜拜一番

泰 ䷊

嫁妹子
呼朋引伴越熱鬧越好
路遠不必苛求衛生走中道就行
坎坷艱困是一定有的
只要別嫁不成跑回來那就慘了

否 ䷋

交友不慎裁了
只看你是否有大肚要包容他
同儕都在等你一個動作
記住腳跟要站穩
否極就會泰來

同人 ䷌

夥伴幹一樁大事是麼
試試帶去強渡長河考驗他們
如果他們有黨羽可能就會壞事
攻城不克還是繼續攻
一旦哀號過了聽到笑聲就可以到郊外慶功

大有 ䷍

穀物豐收了
先別驕傲大車載回家要緊
獻一點給天子免得小人講閑話礙事
逢人謙沖且誠信以對
老天就會保佑你年年有今日

謙

䷎

征伐別的國家呵
就看你謙卑到什麼程度了
他們服你可以去
不靠凱子外交而能得到鄰國相助
更可以去

豫

䷏

要出征去建立侯國
準備充分一點便是了
志節不能跟石頭相比的就等著後悔
有人要襄助得先信任他
預防變數發生以免措手不及

隨 ䷐

抓逃犯哪
官箴已經敗壞了得先亡羊補牢
如今只好逮回一個算一個
還在逃的就靠布信於人幫忙抓回來
事成後國君要去西山祭神謝罪

蠱 ䷑

父母中了蠱毒怎麼辦
搶時間救治呀
這種小事不必張揚問卜
你夠孝順且能虛心請教高人就行了
以後別再爭著出頭讓人有機會拿你的至親開刀

臨 ䷒

威臨百姓這件事得相中時機
過了八月天氣變冷對方不會太熱情
想一些可以感動人的臺詞
站出來要像個有滿腦袋的智慧
最後再給人敦厚的印象就萬事OK了

觀 ䷓

相術啊有學問
把下民都當成童稚一般你會後悔
偷窺讓女人討厭是很羞恥的
返觀自己就在進退應對見真章
國家隆不隆盛看國君是否善待慕名而來的賓客

噬嗑 ䷔

吃到異物也要問啊
就像走路傷了小趾不礙事的
啃臘肉卡住鼻子就把它拖出來
遇毒吐掉遇黃金放口袋
如果不張大耳朵聽聽誰要害你代誌就大條了

賁 ䷕

裝飾房子要娶親了
車子先把它整治好待命
其他有需要的才一併鳩工修繕
一切看起來都得有喜氣
剩下的就是當心別娶到心上人而她爹是仇敵就好了

剝 ䷖

床連續剝落不太妙
傷到腳不去問神恐怕凶事會接著來
什麼還刮壞皮肉那你慘了
先前失寵的宮人要重新善待她
不然連房子可能都會被拆了

復 ䷗

那時候撤軍好呢
從現在起第七天是最佳時機
動作優雅一點太急忙了會被笑
部隊切記要他們抬頭挺胸走路中間
別迷失十年後再想辦法攻下對方也不遲

无妄 ䷘

為什麼會遭受無妄之災
納悶有道理但得問神才知道
就像田地沒播種稻子自己長出來卻不會讓你致富
還有牛綁在樹幹轉眼就被人牽走
突然得病正要吃藥卻好了

大畜 ䷙

大養家畜哦沒問題
市場還沒飽和可以去試試
中途會有小挫折像車拋錨但不要緊
犢牛怕牠亂性牴觸人把牠的雙角加牿包好
豶豬長獠牙就讓它長呀這有什麼困難

頤 ䷚

問養身嗎
吃飽就是了
自己不進食光看別人咀嚼很危險
顛倒飲食違逆或眼睛大過肚子
那就有得受了

大過 ䷛

棟樑兩頭弱會出事
蓋蓋茅草就好
枯楊長根老夫得女算是意外
有蛇來訪不可能大吉
枯楊開花老婦娶夫不好不壞

坎

䷜

挖井呀
進去當然有凶險
但不進去又怎能挖到水呢
一杯酒兩碗菜簡樸一點
想吃好不想得水陷太深會出狀況

離

䷝

離開這裏出征去
先祭天告訴神明求保佑
行軍前唱唱歌安慰征夫在家的老爹老娘
遇到突如其來的埋伏別盡是哭要記得反擊
國君倘若能身先士卒一定可以多擄獲一些強敵

咸 ䷞

娶妻要準備什麼是吧
不必啦能感動對方最重要
像她的拇指和腿肚都可以一試
只有屁股那地方要慢點
至於她背上的肉和臉上每一處盡情去感動無妨

恆

䷟

偵察敵情要有恆心
但太過專事恆心也不好
總說不這樣就會惹來上級的羞辱
守株待兔沒抓到半個間諜鐵定有凶險
如果還躁動那就更慘

遯

䷠

囚犯越獄溜掉了
不要打草驚蛇
抓到就用皮革把他捆起來
注意自己的臣妾可能是縱囚人
緝捕歸案後別忘了給甜頭吃免得他又再度逃跑

大壯 ䷡

老是太壯盛該怎麼辦呢
問神看看吧
腳趾壯了顯然不宜遠行
羝羊壯了一定會撞壞藩籬
車輹壯了就可以把走失的羊追回來

晉 ䷢

晉爵這件事嘛
像康侯那樣寵遇有加一天連著三受
好是好但被奪去也很容易
憂愁一點無妨只要別學鼫鼠貪求無厭
去除得失心後很快就會獲得重用

明夷 ䷣

被人中傷
這檔事得謹慎因應
餓個三天不吃東西看對方能怎麼樣
他連你的左股左腹缺陷甚至南狩行徑都不放過
那你只好學學箕子佯狂晦藏

家人 ䷤

管束家人嗎
防閑優先主中饋的要順從
鬼叫嬉鬧不知節制的都不好
積些財富讓日子好過一點
相親相愛加上威信不吉利也不行

睽

䷥

小事睽違不妨
馬跑掉了會自己回來
被車拖曳和被牛掣阻都不會折騰太久
遇善士要多以誠信去結交
看到載鬼滿車就別強去求婚約

蹇 ䷦

出門謀事往那方向好呢
西南可以天子那邊也得去見見
去會有乖蹇回來就沒事了
越是不順越有朋友相助
否則就回家窩著

解 ䷧

遞解囚犯去那裏麼
西南方呀
從田裏捕獲三隻狐狸還搜到金箭頭是吉兆
沿路負荷過重又乘車恐怕會引來劫匪
不解放像拇指這種小東西是不可能得著君子的推誠置腹

損 ䷨

裁員這件事
得靠自己儉省取信於人
太過或不足都不好
三減一是最佳策略避免他們陰謀搞鬼
有事沒事要去龜卜一下聽聽神明的意見

益 ䷩

要給諸侯國增益點什麼呢
那得看它們需不需要
如果用於填補凶災所造成的虧空是不妨的
目的要它們更懂得順從
還有只要有誠惠於天下是毋須多來詢問的

夬

䷪

到國君那邊告狀
戒懼再戒懼呀
雖然有暗箭中傷也不足恤
半路會破臉刮臂都得羣行不輟
就像馬齒莧容易折斷以後還是少冒這種風險為妙

姤

䷫

遇到了怎麼辦
女人壯碩暫時不要娶她
羸弱的豬還到處晃蕩把牠綁起來
包魚包瓜都不新鮮擱著吧
跟人相衝頂多被對方討厭一陣就沒事了

萃 ䷬

聚集什麼比較急切
先去見天子探探口氣再作決定
亂聚一通會被大家恥笑
祭告神明的規矩不能省卻
如果多攢了記得流幾滴眼淚給人看

升

䷭

那麼升進呢
大祭一番去見天子別擔憂
有虛邑就入駐有臺階就登覽
正如天子自己祭享岐山後諸事順適
只要不糊裏糊塗亂鑽一通就好

困 ䷮

陷於困境講話誰會信你
沒有庇所不得安居三年都看不到人
缺少酒食被施捨救助顏面擺到那裏去
栽在石堆蒺藜中回家還發現妻子失蹤沒事才怪
太慢到車又走不動截鼻斷足再纏進葛藟不想辦法解脫也不行了

井

䷯

改井合適嗎
有水就好何必增添工程
除非污泥太多又像一只破甕
井水清了卻不能飲用就得靠天子行好感動神明來解決
小故障修妥有冷冽寒泉別覆蓋起來不讓人分享

革 ䷰

變革的途徑在那
走中道不妄動為原則
有必要就適時趁勢
更改同一說詞切記超過三次
天子國君靠炳蔚百姓則得洗心革面

鼎 ䷱

鼎出問題了
顛覆嗎不要緊
再去備料就是了
鼎耳變形鼎腳折斷吉凶不定
換個金耳玉耳總可以美化並趨利保值

震 ䷲

雷震驚動百里有事麼
該祭祀的要祭祀
恐懼並遵守法度準沒錯
來得太猛被嚇跑的所屬不必追逐七日後會回來
其他的損失都未及可能遭人中傷的婚媾

艮

䷳

安身有道
從清心寡欲到擴及肢體
如腳趾腿腹臂膀臉頰等等都不放過
這樣就不會亂跑亂動亂說話
最後再敦厚一點就更完滿

漸 ䷴

外頭出現一羣大鴻鳥
嫁女兒的時機到了
牠們進駐水湄磐石還不會有狀況發生
但一旦移地到平原可能就會讓征夫回不來少婦孕不成
再飛上樹木丘陵那就得設法向牠們學點什麼了

歸妹 ䷵

嫁女兒
時機不對哦
以娣媵去充數就像帝乙的作法
愆期遲歸都有定數
勉強從事一定會鬧不清

豐 ䷶

盛大修繕華屋
國君可能會來視察要鎮定應付
從此看外面的世界也變小了
如果有慶賀聲還好
不然你可能三年都看不到半個人影

旅 ䷷

外出旅行尚可
只是瑣事會多了點
途中就宿能獲得童僕相助最好
縱有財貨在身也不會讓你太過快樂
現在射雉沒中牛又走失連鳥巢也被火燒了那你還敢動身嗎

巽 ☴

要不要順服呢
這得趕快去晉謁天子見機行事
進退可以走剛毅正道也可以採巫術旁門
太頻繁表露心跡你會後悔
自己沒本錢就不要逞強

兌

䷹

敵手派人來談判了
和悅一點對待他
自信也信賴對方是該有的基本的態度
商度不決時最需要剛介守正
三心二意或妄求非分都會害事

渙

䷺

軍心渙散怎麼辦
把馬養壯用它來激勵士氣
親自去慰問姿態低點
只到懶散階段問題不嚴重重新把他們整合起來就好了
浹治軍心在靠戒惕而去殺氣

節

䷻

節制的道理在那
就在出內門和不出外門之間
不懂這點就得付出嗟嘆的代價
安於節制甘於節制都不錯
但苦苦守著節制就有凶險了

中孚 ䷼

怎樣才能感動人心呢
只要想像對方有如躁動的河豚就知道怎麼因應了
審度不夠一定不得燕安
有好酒食要跟對方分享不唱高調
發現有人搗蛋就把他抓去關一切會破功

小過 ䷽

小過境該如何
不張揚不急促謙遜一點
沒見到國君沒關係但起碼要拜會一下他的僚屬
胡亂接見來者又不信賴人就像密雲不能成雨是個警訊
不是自然相遇的人卻強要見面而後又像飛鳥迅疾離開會有災厄

既濟 ䷾

車隊已經渡過邊界的河川了
倒曳幾個輪子濡濕一些東西很正常
婦人的遮蔽物丟了不必急七天後會找到
當年高宗伐鬼方也是三年才成功別聽信小人短視的計策
有備無患常戒惕就會有後福

未濟 ䷿

走到邊界的河川還沒有渡過
要多所疑懼不宜貿然前進
隨時設想前面有狀況就不容易出事
要用當年高宗伐鬼方的威震的態度來鼓舞士氣
但假使大夥全身濡濕了還能飲酒自樂就有失節度了

卷六

東海岸花絮

一片落葉掉在琵琶湖上

風輕輕地搧著
雲和樹的倒影從夢裏波動起來
一片落葉掉在湖上
清脆的一聲響
盪出半艘金黃色的船

藏在湖底的寶藍色的沈記
有上空灰濛濛的惦念
一片落葉掉在湖上
彷彿飄過了汪洋要靠岸

滿滿的蟬聲正在阻止它漫天喊價
叢林握不住橫臥的琵琶
才剛鬆手大珠小珠就隱隱然一起彈跳
一片落葉掉在湖上
忍著聽完遠處最親近的潮聲
黑夜已經急著要接收這一首只寫了一半的詩

*騎車行經琵琶湖，小憩，正逢一片枯葉掉落湖面，有感而作。

今天沒有詩

風箏回家了
雲在高高的天上煲著
路空蕩蕩的在等待鶯燕的叫聲
我一樣走過海浪翻滾斜切的邊緣
前面有早渡的燈影
返航的船要找失去的綠島
綠島在迷濛中搜尋蘭嶼
蘭嶼發現了今天還沒有詩

兩隻鼠

起風的黃昏
天空有點瘖啞
牠們不知道驚恐的蹦跳著
一隻黑色的在屋頂
一隻灰色的在地上

黑色的那隻
蓬鬆的尾巴長過身軀
從屋脊輕掠出一道波浪
然後消失在椰子樹葉覆蓋的故事裏

踅過屋後遇到
灰色的那隻
剛爬出對面的水溝
又要邁向另一條水溝
肥胖的靈魂支撐不了纖細創傷的尾巴
顛著顛著鑽進已經寫好的劇本
在一片陰影中結束情節

我孵著一天僅剩的閑適
還要到海邊釋放
卻被兩隻鼠攔截奪去

灰色的那隻在地上
黑色的那隻在屋頂

給風一片天空

自從行人撥開暮靄走遠了
兩隻狗就衝進來霸佔一條路
牠們把膽子擠到臉上
碩大的那隻吠著我的單車
瘦小的那隻咬住我零星亂竄的美感

砂岩路面有鞋印在兌換海空洞的回聲
我還得繼續往前走
時間負載生命總是有點沈重
只剩下風清癯的呼嘯著

也許它需要一片天空
右邊是水彩
左邊是潑出去的墨
中間像一幅油畫

沙沙的樹可以作見證
這是我上輩子連著這輩子最大的奇想

琵琶湖的遭遇

微風還是拂著樹梢輕顫的姿影
沒有絕望的愛情走過
湖面的瀲灩卻不安的紋動起來

兩個檳榔族邁著八字步踏響前方的寧靜
東啐一口西啐一口血紅
嚥不下的殘渣成拋物線的吐進清澈的水裏

幾個孩童在父母的呵護中盡情的喧嘩
撕碎的土司飄落沾滿光澄的臉龐

涼亭上又來了一對興奮的嬌客加入失禁的
歡笑的行列

一架架軍機例行的凌空掠過驚嚇
嘶吼聲從遠處到近處再從近處到遠處

還有成羣急速走散的遊客在高呼
初夏豔陽賜給的星期天　一起
帶走一座湖的劫難

我突然忘了那裏來又將往那裏去
只記得還要到隔鄰悼念
剛剛集體枯槁死去的木麻黃

天空很潑墨

可以再多點麼
就這些些了

色彩逃離後
換來的是一副懶怠梳洗的容貌
東幾筆淡掃西滿版氤氳
中間有一羣灰鴿飄過

作畫的人走在砂岩開闢的路上
不知道怎樣喚出青天

海斂聲了
一架模型機達達達的佔領他的感覺

遠方卡拉ＯＫ伴唱帶放送的歌聲
一直穿越海堤上稀薄的白霧
沈沈的撥不動它低嗄渾厚的重壓
兩隻青蛙單調的對嘓起來

不能再多一點呵
這是東海岸初夏細雨涮過的黃昏

走在黑夜裏

那個騎車追狗的人遠去了
夜幕一層一層的覆蓋椰子樹失去動力的翅膀
在蕭條的路上迎接唯一的過客

右側有海在收集自己的回音
白色的浪花轟地撞碎了一地的驚嘆
閑閑的踱著
觀念再一次遙聽世紀的呼喊

一幢準點出現的七爺型的大漢

咧嘴痴笑昂首闊步的走來
突然猛喝一聲
永恆躲去那兒啦

愛情飛了
名利掉進黑洞翻不過身
幾個暗影從我的背後冷冽的響起

為你寫了一首詩

繼續走
七爺型的大漢
不要回顧
你已經在我的詩裏沈澱容顏
即使永恆都慢待了愛情和名利
也還有生命預備要探頭
追問前方歌聲中薄歡的熱度
千萬別再返轉來
我的筆端會戰慄驚見　一個
小小變形蟲的誕生
就在轟甚崩裂岸邊的波濤裏

他在看我

那個一副駭怕走失單車樣子的騎士
又來了

我是不是應該收拾笑容
給他半個邪惡的驚喜
教他知道什麼叫做準點出現加一幢

猛喝也罷
昂首闊步無妨
就是不能讓我自己把永恆和咧嘴綁在一塊

這裏沒有閑人的愛情
從那邊來就從這邊回去
已經掉進黑洞的名利撿起來不就翻身了

你說他寫詩恐嚇要沈澱我的容顏是嗎
這樣吧如果他不再緊緊揣著他的寶貝走路
我鐵定大喊他一聲「八爺你好」

天邊十朵雲

海天的接觸有宿醉的變化
十朵雲撐著厚厚的銀幕
讚嘆都給了忘記切換的時間

第一朵雲赭紅鑲金
第二朵雲也是赭紅鑲金
第三朵雲第四朵雲還是赭紅鑲金

兩隻狗在草地上追逐
黑白相間的那隻停下來無端的空望

棕色的那隻繼續清涼的奔跑

第五朵雲開始泛黃
第六朵雲也開始泛黃
第七朵雲第八朵雲接著開始泛黃

格局沒有加料
浪濤聲卻兀自激動了起來
遠方一艘偷偷放出燈光的漁船
帶走了沒入沈沈夢鄉的第九朵雲第十朵雲

黃昏一景

一隻鷗鳥淡淡的飛過
背後拖出綠島灰濛的帆影
滿溢的寒波忘了滾動

天邊的雲正在悶燒
白煙濃密的圍堵包裹一片火舌
最後還是讓它偷溜出去
變成上空一尖金黃的驚呼

牽著單車的騎士

又撿到了一首新詩
裏面有文字和圖畫赧然的邂逅

寶桑亭外的浪

捲起千堆雪花
是在一個定點的引爆後
從左翻滾到右然後橫空而去
再來千萬次
不須要觀眾捧場的表演
沙灘上的格礫回聲會知道
今晚的潮汐少了南風的煽情
天邊泛黃的月光就要撥不開烏雲的重量
空濛轟然的串連裂動中
有單車經過

上面的騎士在低喁
一首詩的命運

在七里坡發現蘭嶼

時間一寸一寸的倒著走
偶爾停在前世遺忘的夢境上
一起驚奇半場未完的盟約

你靜靜的撿拾藍染的記憶殘粒
投擲在杯裏深黃的海洋

她意鷹出岫的細數新裁的故事
裝進犨山的笑靨又翻晒給午後的豔陽

剩下我狂放品味輕巧的話語過了千百遍
失控的靈感才找回散去的速度

最後清醒進來總結一個句號
看看有沒有事件要讓歷史作見證

才一抬頭側望
蜻蜓舞動了滿天微雕的黃昏
突然有人歡呼貼近
淺淺蹲著的蘭嶼正從腳下悄悄的向遠方延伸出場

*寫於跟靜文、意爭初聚於七里坡餐飲店後。

一條灰濛濛的路

海浪分段在咆哮
獨踞著沙丘的男子
眼神裏有驚剩的痕跡

狗兒不再跟著主人出巡
一條路疊出陰慘昏蒙的霧

那個八十歲還在慢跑的老人
影子從風中穿過
聚斂了所有忘記吐納的沈寂

水銀灯慢點兒亮
護欄上一對小情侶
乾坐著等不及過完這無聲的約會

閑閑的望去
枯黃的草地綿亙著歷史的盡頭
沒有人想要知道

緣起幾時會找回緣滅
我的腳步剛剛踩過太平溪的出海口
那裏駐著一羣水牛和白鷺鷥
還有滿天飛舞的泥燕

有詩

沿著海風吹拂的路線
走啊地面浸了沙

震不起耳邊習習的響聲
空氣中有稀薄的焦味在醱酵
繼續纏繞才剛張揚的新浪

兩隻開翅的風箏已經飛出小孩的視線一端還繫著
做母親的心

另一邊遙控飛機在薄暮中
俯衝又拔高盤旋出
不見煙硝的戰爭驅趕泥燕集體
流竄狂飛上空最後的景象

彎過堤岸啖海的人
多了起來他們嘴裏嚼著
自行攜帶的話題雙眼望向
失焦的遠方一艘船
輕盪模糊的天際線烏雲
漸漸漫布變色

半輪清瘦的月亮突然鑲了
金黃寶桑亭側的鏡框前
坐著一個人在凝視今天初八

失聯的過去旁邊幾位小女孩興奮的在攀爬石雕上的波浪笑聲
從站崗的父親粗嗄的嗓門中穿梭
出來強迫我記住再過
一週就是中秋節

憨

一個字當詩題
這是她臨去時暗示的
孤獨的圖像不能更改自己的感覺
藏在雲端的神會偷笑

上回給佳麗們寫的詩
她說沒有噴薄彩染的空間
只是積了滿出鬆脫的結
在幽幽的夜裏拴住冰過的星光

書寫壁虎忘掉名銜
饒恕兩隻鼠後還有落葉和風箏
都啟動了原罪或者不是
詩題上那個字正要儲蓄抗辯的勇氣

*跟意爭聊圖畫書後一個附帶的話題有感而作。

今晚的溫度剛好八盎司

燈亮起輕染鵝黃的夜
喧嘩聲外有美食正在勾動穿梭的味蕾
想不起這是等待多久的機遇
盤盤碟碟中變化刻印著星月的笑靨

從現在比筷丈量路過吃的歷史
杯子才送給人
米堤還來不及逍遙飛渡
你已經進駐炒熱飽滿成串的歡騰
在秋末散盡涼意的清單裏

保住了東海岸的最後一個傳奇

如果嘉肴可以撫慰過客起繭的胃囊
回饋給你的一定是橘陽鍍剩翻新的顏容
來份可口的套餐加奇數讓我結算
今晚的溫度剛好八盎司

＊寫於新開幕「八盎司」餐廳用餐後。

國家圖書館出版品預行編目

又有詩 / 周慶華著. -- 一版. -- 臺北市 :
秀威資訊科技, 2007[民96]
面； 公分. --（語言文學類；PG0146東大詩叢；5）

ISBN 978-986-6909-89-4（平裝）

851.486 96011521

語言文學類 PG0146

東大詩叢5：又有詩

作　　者 / 周慶華
發 行 人 / 宋政坤
執行編輯 / 詹靚秋
圖文排版 / 郭雅雯
封面設計 / 林世峰
數位轉譯 / 徐真玉　沈裕閔
圖書銷售 / 林怡君
法律顧問 / 毛國樑　律師
出版印製 / 秀威資訊科技股份有限公司
台北市內湖區瑞光路583巷25號1樓
電話：02-2657-9211　傳真：02-2657-9106
E-mail：service@showwe.com.tw
經 銷 商 / 紅螞蟻圖書有限公司
台北市內湖區舊宗路二段121巷28、32號4樓
電話：02-2795-3656　傳真：02-2795-4100
http://www.e-redant.com

2007 年 6 月　BOD 一版
定價：270 元

讀　者　回　函　卡

感謝您購買本書，為提升服務品質，煩請填寫以下問卷，收到您的寶貴意見後，我們會仔細收藏記錄並回贈紀念品，謝謝！

1.您購買的書名：________________________

2.您從何得知本書的消息？

☐網路書店　☐部落格　☐資料庫搜尋　☐書訊　☐電子報　☐書店

☐平面媒體　☐ 朋友推薦　☐網站推薦　☐其他________

3.您對本書的評價：(請填代號　1.非常滿意 2.滿意 3.尚可 4.再改進)

封面設計____　版面編排____　內容____　文/譯筆____　價格____

4.讀完書後您覺得：

☐很有收獲　☐有收獲　☐收獲不多　☐沒收獲

5.您會推薦本書給朋友嗎？

☐會　☐不會，為什麼？______________________________

6.其他寶貴的意見：______________________________

____

____

____

讀者基本資料

姓名：__________________　年齡：_____　性別：☐女 ☐男

聯絡電話：_______________　E-mail：__________________

地址：____

學歷：☐高中(含)以下　☐高中　☐專科學校　☐大學

☐研究所(含)以上　☐其他______________

職業：☐製造業 ☐金融業 ☐資訊業 ☐軍警 ☐傳播業 ☐自由業

☐服務業 ☐公務員 ☐教職　☐學生 ☐其他_________

請貼
郵票

To：114

台北市內湖區瑞光路 583 巷 25 號 1 樓

秀威資訊科技股份有限公司　　　收

寄件人姓名：

寄件人地址：□□□

(請沿線對摺寄回,謝謝!)

秀威與 BOD

BOD（Books On Demand）是數位出版的大趨勢，秀威資訊率先運用 POD 數位印刷設備來生產書籍，並提供作者全程數位出版服務，致使書籍產銷零庫存，知識傳承不絕版，目前已開闢以下書系：

一、BOD 學術著作—專業論述的閱讀延伸
二、BOD 個人著作—分享生命的心路歷程
三、BOD 旅遊著作—個人深度旅遊文學創作
四、BOD 大陸學者—大陸專業學者學術出版
五、POD 獨家經銷—數位產製的代發行書籍

BOD 秀威網路書店：www.showwe.com.tw
政府出版品網路書店：www.govbooks.com.tw

永不絕版的故事・自己寫・永不休止的音符・自己唱